# Juan Verdades

## The Man Who Couldn't Tell a Lie

## El hombre que no sabía mentir

# Juan Verdades

## The Man Who Couldn't Tell a Lie

## El hombre que no sabía mentir

retold by **Joe Hayes**

illustrated by **Joseph Daniel Fiedler**

ONE LATE SUMMER DAY a group of wealthy *rancheros* was gathered on the village plaza, joking and laughing and discussing events on their ranches.

One of the men, who was called don Ignacio, had a fine apple tree on his land. The rancher called the tree *el manzano real*—the royal apple tree. It had been planted by his great-grandfather, and it gave sweeter, more flavorful fruit than any other tree in the country round about.

Every rancher for miles around knew about *el manzano real*, and each year they all hoped don Ignacio would give them a small basket of its sweet fruit. And so each one asked don Ignacio how the fruit of the tree was doing. To each one don Ignacio replied, "It's doing beautifully, *amigo*. My foreman takes perfect care of the tree, and every evening he reports how the fruit is ripening."


UN DÍA A FINALES DEL VERANO, un grupo de rancheros estaba reunido en la plaza del pueblo, bromeando y riendo y hablando sobre las novedades de sus ranchos.

Uno de ellos, que se llamaba don Ignacio, tenía un manzano muy fino en su rancho. El ranchero lo llamaba *el manzano real*. Lo había plantado su bisabuelo y la fruta que daba era más dulce y más sabrosa que la de cualquier otro manzano de la zona.

Todos los rancheros de la comarca conocían el manzano real y cada año esperaban que don Ignacio les regalara una cestita de su dulce fruta.

Así que, ese día, cada uno le preguntó a don Ignacio cómo iba la fruta del árbol. A cada uno don Ignacio respondió: —Va de maravilla, amigo. Mi capataz cuida perfectamente el árbol y cada tarde me avisa cómo va madurando la fruta.

WHEN DON IGNACIO said this to his friend don Arturo, the other man replied, "Do you mean to say that you don't tend your magnificent tree yourself? How can you have such faith in your worker? Maybe he's not doing all he says he is."

"My *capataz* has never failed me in any way," don Ignacio insisted. "He has never told me a lie."

"Are you sure?" said don Arturo.

"Absolutely certain. The young man doesn't know how to tell a lie. His name is Juan Valdez, but everyone calls him Juan Verdades because he is so truthful."

Don Arturo shook his head. "I don't believe there ever was an employee who didn't lie to his boss. I'm sure I can make him tell you a lie."


CUANDO DON IGNACIO respondió de esta manera a su amigo don Arturo, el otro repuso: —¿Quiere decir que usted mismo no cuida su magnífico árbol? ¿Cómo puede confiar tanto en un trabajador? Quizá no haga todo lo que le dice.

—Mi capataz nunca me ha fallado de ninguna manera —insistió don Ignacio—. Nunca me ha mentido.

—¿Está seguro? —preguntó don Arturo.

—Absolutamente seguro. El hombre no sabe mentir. Se llama Juan Valdez, pero todos le dicen Juan Verdades porque es tan honesto.

—Yo no creo que exista un empleado que no le haya mentido al patrón. Estoy seguro que podré hacer que le mienta.

THE TWO FRIENDS went on arguing good-naturedly, but little by little they began to raise their voices and attract the attention of the other men on the plaza. Finally don Arturo declared loudly, "I'll bet you whatever you want that within two weeks at the most I'll make this Juan Verdades tell you a lie."

"All right," replied don Ignacio. "I'll bet my ranch against yours that you can't."

The other ranchers laughed when they heard that. "Ho-ho, don Arturo," they said, "now we'll see how sure you are that you're right."

"As sure as I am of my own name," said don Arturo. "I accept the bet, don Ignacio. But you must allow me the freedom to try anything I wish."

The gathering broke up, and the two friends rode confidently away toward their ranches. But as don Arturo rode along he began to worry about what he had done. When he arrived home and told his wife and daughter about the bet, his wife began to cry. "What will we do if we lose our ranch?" she sobbed.


LOS DOS AMIGOS siguieron discutiendo de buen humor, pero poco a poco comenzaron a hablar más alto, llamando la atención de los otros hombres en la plaza. Al fin don Arturo vociferó: —Yo le apuesto lo que quiera que dentro de quince días hago que este Juan Verdades le diga una mentira.

—Está bien —respondió don Ignacio—. Apuesto mi rancho contra el suyo que no puede hacerlo.

Los otros rancheros se rieron al oír eso. —Ja-ja-ja, don Arturo —dijeron—, ya veremos si de verdad está seguro de que tiene razón.

—Tan seguro como estoy de mi propio nombre —dijo don Arturo—. Trato hecho, don Ignacio. Pero me tiene que dejar hacer lo que yo quiera.

La junta terminó y don Arturo y don Ignacio cabalgaron con confianza hacia sus propios ranchos. Pero en el camino don Arturo comenzó a preocuparse sobre lo que había hecho. Cuando llegó a casa y les contó a su esposa e hija lo de la apuesta, su mujer comenzó a llorar. Sollozó: —¿Qué será de nosotros si perdemos el rancho?

BUT HIS DAUGHTER ARACELI, who was a very bright and lively young woman, just laughed and said, "Don't worry, *Mamá*. We're not going to lose our ranch."

Araceli suggested to her father that he make up an excuse for them all to spend the next two weeks at don Ignacio's house. "If we're staying on don Ignacio's ranch," she said, "we'll surely discover a way to come out the winners."

PERO SU HIJA ARACELI, que era una joven lista y muy viva, se rio y dijo: —No te preocupes, mamá. No vamos a perder el rancho.

Araceli le sugirió a su padre que inventara un pretexto para que los tres pasaran los próximos quince días en la casa de don Ignacio: —Si estamos en el rancho de don Ignacio, seguramente encontraremos la manera de salir ganando.

THE NEXT DAY don Arturo rode to don Ignacio's ranch and told his friend, "My men are mending the walls of my house and giving them a fresh coat of whitewash. Could my wife and daughter and I stay on your ranch while the work is being done?"

"Of course, my friend," said don Ignacio. "You're always welcome."

That afternoon don Arturo and his family moved into don Ignacio's house, and the next morning Araceli rose at dawn, as she always did at home, and went to the ranch kitchen to prepare coffee. Juan Verdades was already there, drinking a cup of coffee he had made for himself and eating a breakfast of leftover tortillas. She smiled at Juan, and he quickly finished his breakfast and went off to begin his work.

AL OTRO DÍA don Arturo fue al rancho de don Ignacio y le dijo a su amigo: —Mis hombres están reparando las paredes de mi casa y dándoles una nueva capa de cal. ¿Podríamos mi familia y yo quedarnos en su rancho hasta que terminen el trabajo?

—Por supuesto, amigo —dijo don Ignacio—. Ésta es su casa.

Aquella tarde don Arturo y su familia se instalaron en la casa de don Ignacio y, a la mañana siguiente, Araceli se levantó al amanecer, como solía hacer en su casa, y fue a la cocina del rancho para preparar el café. Juan Verdades ya estaba ahí, tomando un café que había hecho y desayunando con tortillas del día anterior. Ella le sonrió y Juan se apresuró a terminar el desayuno e irse a trabajar.

THAT NIGHT don Arturo and his daughter made up a plan. Araceli rose before dawn the next day and went to the kitchen to prepare coffee and fresh tortillas. She smiled sweetly as she offered them to Juan. He returned the smile and thanked her very kindly. Each morning she did the same thing, and just as she and her father expected, Juan Verdades began to fall in love with Araceli.

What Araceli hadn't expected, though, was that she began to fall in love with Juan. She looked forward to getting up early each morning just to be alone with him. She even began to wish she might end up marrying him. Araceli continued to work the plan she and her father had made, but now she had a plan of her own as well.

AQUELLA NOCHE don Arturo y su hija hicieron un plan. A la mañana siguiente Araceli se levantó antes del amanecer y fue a la cocina para preparar café y tortillas frescas. Le sonrió con dulzura a Juan cuando se las ofreció. Él le devolvió la sonrisa y le dio las gracias. Cada mañana la joven hacía lo mismo y, tal como ella y su padre esperaban, Juan Verdades empezó a enamorarse de Araceli.

Lo que Araceli no esperaba era que ella empezó a enamorarse de Juan. Le daba gusto levantarse temprano cada mañana para poder estar a solas con él. Hasta empezó a ilusionarse con un matrimonio. Araceli continuaba con el plan que había hecho con su papá, pero ya tenía su propio plan también.

OF COURSE, Juan knew that he was just a worker. He didn't even dream of marrying the daughter of a wealthy rancher. Still, he wanted to please Araceli in some way. So one morning Juan said to her, "You're very kind to have fresh coffee and warm food ready for me every morning. Ask me for whatever you want from this ranch. I'll speak to don Ignacio and see that it's given to you."

This is exactly what the girl and her father thought would happen.

"There's only one thing on this ranch I want," she said. "I'd like to have all the apples from *el manzano real.*"

Juan was surprised and very distressed. "Please ask for something else," he said. "You know how much don Ignacio treasures the fruit of that tree. I'd have to take the apples without permission, and then what would I say to don Ignacio?"


POR SU PARTE, Juan sabía que no era más que un trabajador. Ni siquiera soñaba con casarse con la hija de un ranchero rico. A pesar de eso, quería agradar a Araceli de alguna manera. Así que una mañana Juan le dijo: —Es muy amable de su parte preparar café y comida caliente para mí cada mañana. Pida lo que quiera de este rancho. Hablo con don Ignacio para que se lo conceda.

Esto era exactamente lo que la joven y su padre esperaban.

—Lo único que quiero en este rancho —le dijo Araceli—, es toda la fruta del manzano real.

Juan quedó sorprendido y muy afligido: —Por favor, pida otra cosa —le dijo—. Ya sabe cómo don Ignacio aprecia las manzanas de ese árbol. Yo tendría que agarrarlas sin permiso, y luego, ¿qué le diría a don Ignacio?

**WITH THAT**, the conversation ended and they separated for the day. In the evening Juan reported to don Ignacio. They exchanged the exact words they said every day:

"Good evening, *mi capataz*," the rancher said.

"Good evening, *mi patrón*," replied the foreman.

"How goes it with my cattle and land?"

"Your cattle are healthy, your pastures are green."

"And the fruit of *el manzano real*?"

"The fruit is fat and ripening well."

**CON ESO**, se terminó la conversación y se fueron cada uno por su lado. En la tarde Juan hizo su informe a don Ignacio. Intercambiaron las mismas palabras que se decían todos los días:

—Buenas tardes, mi capataz —dijo el ranchero.

—Buenas tardes, mi patrón —respondió Juan.

—¿Qué tal el terreno y mi ganado?

—Las vacas muy fuertes, muy verde el prado.

—¿Y la fruta del manzano real?

—Hermosa, y pronto se va a madurar.

THE NEXT MORNING as Juan and Araceli sipped their coffee together, Juan said, "I truly would like to repay you for your kindness. There must be something on this ranch you'd like. I'll see that it's given to you."

Araceli replied, "The only thing I want is the fruit of *el manzano real*."

Each day they repeated the conversation, and Juan told Araceli over and over he couldn't give her the apples. But each day Juan was falling more hopelessly in love with Araceli. Finally, just the day before the two weeks of the bet would have ended, the foreman gave in. He said he would pick the apples right then.

Juan hitched up a wagon and drove to the tree. He picked every apple and delivered the fruit to Araceli. She thanked him warmly, and his spirits rose for a moment. But as he rode away they sank again. Araceli hurried off to tell her father the news and to wait for a chance to talk to don Ignacio.


A LA MAÑANA SIGUIENTE, mientras Juan y Araceli daban sorbos a su café, Juan dijo: —De verdad, quisiera corresponderle su bondad. Tiene que haber algo en este rancho que le guste. Me encargo de entregárselo.

Araceli replicó: —Lo único que quiero es la fruta del manzano real.

Cada día intercambiaban las mismas palabras y Juan le decía repetidas veces que no podía darle las manzanas. Pero con cada día Juan se enamoraba de Araceli más desesperadamente. Al fin, cuando faltaba tan solo un día para que se cumplieran los quince días de la apuesta el capataz se rindió. Dijo que en seguida recogería la fruta.

Juan alistó una carreta y se dirigió al manzano. Cortó todas las manzanas y se las llevó a Araceli. Élla se lo agradeció calurosamente y por un momento a Juan se le subió el ánimo, pero se desanimó tan pronto como montó el caballo para partir. Araceli corrió a llevarle la noticia a su padre y después a buscar una oportunidad para hablar con don Ignacio.

JUAN RODE until he came to a place where there were several dead trees. He took off his hat and jacket. He put them on a dead tree and pretended it was don Ignacio. He started talking to it to see if he could tell it a lie.

"Good evening, *mi capataz*," he pretended he heard the tree say.

"Good evening, *mi patrón*," Juan answered.

"How goes it with my cattle and land?"

"Your cattle are healthy, your pastures are green."

"And the fruit of *el manzano real?*"

"The...umm...the crows came and carried the fruit away and..."

But the words were hardly out of his mouth when he heard himself say, "No, that's not true, *mi patrón*. I picked the fruit and..." He stopped himself.

He took a deep breath and tried again. He tried over and over until he realized there was no way he could tell a lie. But he couldn't come right out and say what he had done. He took his hat and coat from the tree and sadly set out for the ranch.

JUAN CABALGÓ hasta llegar a un lugar donde había varios árboles muertos. Se quitó el sombrero y la chaqueta y los puso en un tronco seco como si fuera don Ignacio. Comenzó a hablar para ver si podía mentir.

—Buenas tardes, mi capataz —se imaginó que el árbol le decía.

—Buenas tardes, mi patrón —respondió.

—¿Qué tal el terreno y mi ganado?

—Las vacas muy fuertes, muy verde el prado.

—¿Y la fruta del manzano real?

—Los...mmm...los cuervos vinieron y se la llevaron y...

Pero apenas le salieron las palabras de la boca cuando Juan se oyó decir: —No, eso no es cierto, patrón. Yo recogí la fruta y...

Se detuvo. Respiró fuerte y comenzó de nuevo. Intentó varias veces hasta que se convenció de que no era capaz de mentir. Pero tampoco pudo decir en seco lo que había hecho. Agarró el sombrero y el saco y regresó descorazonado al rancho.

ALL DAY LONG Juan worried about what he would say to don Ignacio. And all day long don Ignacio wondered what he would hear, because as soon as don Arturo saw the load of apples he ran gleefully to tell don Ignacio what had happened.

"You're about to hear a lie from Juan Verdades," he gloated.

Don Ignacio was heartsick that all his apples had been picked, but he sighed and said, "Very well, we'll see what happens this evening."

Don Arturo rode off to gather the other ranchers to be witnesses, leaving don Ignacio pacing nervously up and down. And when don Ignacio received a visit from Araceli and she made a request he couldn't deny, he paced even more nervously.

TODO EL DÍA Juan se preocupó sobre qué decirle a don Ignacio. Y todo el día don Ignacio se preocupó sobre qué iba a oír, porque tan pronto como don Arturo vio la carga de manzanas corrió a contarle lo sucedido a don Ignacio.

—Está por oír una mentira de Juan Verdades —dijo triunfante.

Don Ignacio quedó acongojado por la pérdida de todas la manzanas, pero suspiró y dijo: —Muy bien, ya veremos qué pasa esta tarde.

Don Arturo se fue a buscar a los otros rancheros para que sirvieran de testigos y don Ignacio se puso a andar nervioso de un lado para el otro. Y después de que Araceli le pidió algo que a ella no le pudo negar, don Ignacio se puso aún más nervioso.

THAT EVENING the foreman went as usual to make his report to don Ignacio. He walked slowly and his head hung down. The other ranchers were hiding behind the bushes listening. Araceli and her mother watched from a window of the house.

"Good evening, *mi capataz*," don Ignacio said as usual.

"Good evening, *mi patrón*."

"How goes it with my cattle and land?"

"Your cattle are healthy, your pastures are green."

"And the fruit of *el manzano real*?"

Juan took a deep breath and said:

"Oh, *patrón*, something terrible happened today.

Some fool picked the apples and gave them away."


AQUELLA TARDE, el capataz fue como de costumbre a reportarse con don Ignacio. Caminó lentamente, con la cabeza baja. Los otros rancheros estaban escondidos detrás de los arbustos. Araceli y su madre observaban desde una ventana de la casa.

—Buenas tardes, mi capataz —dijo como siempre don Ignacio.

—Buenas tardes, mi patrón.

—¿Qué tal el terreno y mi ganado?

—Las vacas muy fuertes, muy verde el prado.

—¿Y la fruta del manzano real?

Juan respiró muy hondo y dijo:

—Ay, patrón, algo muy malo les ha pasado.

Un tonto las pizcó y las ha regalado.

DON IGNACIO pretended to be shocked and confused. "Some fool picked them?" he said. "Who would do such a thing? Do I know this person?"

Juan hesitated, and then answered:

"The father of the fool is my father's father's son.

He has no sister, he has no brother.

His child would call my father 'grandfather.'

He's ashamed that he did what was done."

Don Ignacio paused for a moment to think about Juan's answer. And then, to Juan's surprise, don Ignacio grabbed his hand and started shaking it excitedly.

The other ranchers ran laughing from their hiding places. "Don Arturo," they all said, "you lose the bet. You must sign your ranch over to don Ignacio."

"No," said don Ignacio. "Sign your ranch over to don Juan Verdades. He has proved he truly deserves that name, and he deserves to be the owner of a ranch as well."


DON IGNACIO se mostró alarmado y perplejo: —¡Un tonto las recogió! —dijo—. ¿Quién sería capaz de hacer eso? ¿Conozco a esta persona?

Juan vaciló y luego respondió:

—El abuelo del ladrón es papá de mi papá.

No tiene hermana ni hermanito.

Su hijo llamaría a mi padre abuelito.

Lo que hizo vergüenza le da.

Don Ignacio se tomó un momento para pensar lo que había dicho Juan. Luego, para la sorpresa de Juan, don Ignacio le tomó la mano y la estrechó con gran emoción.

Los otros rancheros salieron corriendo de sus escondites: —Don Arturo —gritaron a coro—, usted perdió la apuesta. Tiene que ceder su rancho a don Ignacio.

—No —dijo don Ignacio—. Pase su rancho a don Juan Verdades. Ha comprobado que merece tal nombre y merece ser dueño de su propio rancho también.

EVERYONE CHEERED and began to congratulate Juan. Don Arturo's face turned white, but he shook Juan's hand and then walked slowly away from the group.

But Araceli ran from the house and put her arm through her father's. "*Papá*," she said loudly, "what if Juan were to marry a relative of yours? Then the ranch would stay in our family, wouldn't it?"

Juan heard her and spoke up confidently. "*Señorita* Araceli," he said, "I am the owner of a ranch and many cattle. Will you marry me?"

Of course she said she would, and don Arturo gave a great sigh. "Don Juan Verdades," he said, "I'll be proud to have such an honest man for a son-in-law."

The other ranchers hurried off to fetch their families, and a big celebration began. It lasted through the night, with music and dancing and many toasts to Juan and Araceli. In the morning everyone went home with a big basket of apples from *el manzano real*.


TODOS VITOREARON y se pusieron a felicitar a Juan. Don Arturo palideció, pero le dio la mano a Juan y luego se apartó lentamente del grupo.

Pero Araceli salió corriendo de la casa y entrelazó su brazo con el de su padre.

—Papá —dijo bien fuerte—, ¿y si Juan se casara con un pariente tuyo? El rancho permanecería en la familia, ¿verdad?

Juan oyó lo que dijo y habló con confianza: —Señorita Araceli —dijo—, soy dueño de un rancho y mucho ganado. ¿Se casaría conmigo?

Claro que respondió que sí, y don Arturo dio un gran suspiro de alivio.

—Don Juan Verdades —dijo—, será un orgullo tener de yerno a un hombre tan honrado.

Los otros rancheros fueron a traer a sus familias y se armó una fiesta. Duró toda la noche, con mucha música, mucho bailar y mucho brindar a la salud de Juan y Araceli. En la mañana todos se fueron a casa, cada uno con una gran cesta de manzanas del manzano real.

# Note to Readers and Storytellers

THE ORIGIN OF THE TALE I call "Juan Verdades" is clearly European. The story turns up in many lands and languages. It is a variant of tale number 889 ("The Faithful Servant") in the Aarne-Thompson index of tale types. Early in the twentieth century, a version was collected in Spain by Aurelio M. Espinosa and published in *Cuentos populares españoles*. In the 1920s, two versions were found in New Mexico by Juan B. Rael and included in his monumental work *Cuentos españoles de Colorado y Nuevo México*. The tale has been collected in Latin America as well.

In telling "Juan Verdades," I have given the tale a more literary treatment than I usually do. For example, I have assigned names to all of the principal characters so that the reader can keep them straight. In a traditional telling, only the main character would be given a name, and even he might simply be identified as *el joven* or *el muchacho*. I have also used dialogue to carry the narrative and clarify the characters' motivations to a greater extent than would be found in a true folktale.

Finally, I have changed the content of the story a bit. In traditional versions, the daughter isn't a strong character. She just follows her father's orders. The prized possession of the employer is usually an animal, a bull or an ox, and the girl demands that it be killed and served to her. In my retelling, I have softened her request. The final riddle spoken by Juan is my invention, but the conversation in verse between the servant and the master is traditional. And the episode of the young man talking to a tree or a stump seems especially typical of Hispanic versions of the tale. It was the element that first captured my imagination and made me want to retell the story.

*FOR ALL who recognize the truth in the old tales,*
*whether the story ever happened or not* —J. H.

*TO Nancy Jean* —J. D. F.

**Visit us at** www.cincopuntos.com **or call 1-915-838-1625.**

**Book and cover design by Vicki Trego Hill of El Paso, Texas. Printed in Hong Kong by Morris Press.**

Originally published by Orchard Books, an imprint of Scholastic, Inc. as *Juan Verdades : The Man Who Couldn't Tell a Lie.* Copyright © 2001 by Joe Hayes. Illustrations copyright © 2001 by Joseph Daniel Fiedler.

*Juan Verdades: The Man Who Couldn't Tell a Lie / El hombre que no sabía mentir.* Copyright © 2010 by Joe Hayes. Illustrations copyright © 2001 by Joseph Daniel Fiedler. All rights reserved. No part of this book may be used or reproduced in any manner whatsoever without written consent from the publisher, except for brief quotations for reviews. For further information, write Cinco Puntos Press, 701 Texas Avenue, El Paso, TX 79901; or call 1-915-838-1625. Printed in Hong Kong.

FIRST EDITION 10 9 8 7 6 5 4 3 2 1

Hayes, Joe. Juan Verdades, the man who couldn't tell a lie = El hombre que no sabía mentir / retold by Joe Hayes ; illustrated by Joseph Daniel Fiedler. p. cm. Summary: A retelling, in English and Spanish, of the tale of a wealthy rancher who is so certain of the honesty of his foreman that he wagers his ranch. ISBN 978-1-933693-70-5 [1. Folklore—Southwest, New. 2. Spanish language materials—Bilingual.] I Fiedler, Joseph Daniel, ill. II. Title. III. Title: Juan Verdades, the man who could not tell a lie. IV. Title: Hombre que no sabía mentir. PZ74.1.H335 2010 398.2--dc22 [E] 2009042796